ノノちゃんとママのおはなし

松本春野　文・絵

ふたりの成長ものがたり

essay

等身大の母親の日々
～このおはなしができるまで

この原稿を書いている今日は、娘の四歳の誕生日です。妊娠中に自分勝手な離婚を決断し、娘を一人で産んだ日からもう四年も経ちました。

当時、私は、ふくらんだおなかを抱えて、右も左も分からぬ土地で、新生活をはじめていました。借りた部屋は四階でエレベーターなし、洗濯機置き場は外にある、とにかく古いマンションです。苦労の多い人生を歩んできた大家さんは、事情を察してか、家賃を少しまけてくれました。引越し早々、人のやさしさに助けられ、幸先《さいさき》の良いスタートだったのかもしれません。

私は、この部屋を自分の好きなように飾れる自由や、見知らぬ土地特有の開放感を満喫しながらも、生活を整えるための膨大なタスクや日々の仕事に追われ、何よりも未来への不安と、必死に格闘していました。

破水したのは、家に遊びにきていた弟と、インパクトドライバー片手に天井まで高さのある本棚を組み立てていた時です。出産後に一人で続きをやるのは無理だろうと、大急ぎで組み立て終わってから、タクシーに飛び乗りました。

出産は安産と言われました。こんなに痛いのに、安産なわけないでしょ、と思いましたが、安産と告げられたのだから、さっとそうだったのでしょう（笑）。

自分の腕の中で、真っ赤な顔をして元気に泣く赤ちゃんは、言葉にならないくらい可愛く、不思議な存在でした。率直に言えば、母親の実感というよりは、「降りられない重大任務始動の日」、という方がしっくりきます。今日から自分はこの子の担当伴走者。少なく見積もっても一八年二四時間、休みなしの大役を仰せつかった感じです。

本当だったら、記念すべき第一子誕生の幸せな日なのに、私はあまりの不安と心細さで、その晩病室で、娘を眺めながら大泣きしました。

ずいぶんと頼りない伴走者を得た娘ですが、本人はどこ吹く風。日々、ミルクやおっぱいをよく飲み、よく眠り、ケラケラと笑いながら、健やかに成長してくれました。プクプクしていた手足は、いつの間にかすらりと伸び、今では、小さな頭をフル回転させ、おちょぼ口からは、大人顔負けの言葉たちが飛び出しています。

私は、幼い頃から、子どもの本が持つ、あたたかい日向のような世界が大好きでした。そこでは、チョウが舞い、小鳥が歌い、カエルは友達です。子どものちょっとした成長が大きなドラマとして語られる平和な世界、誰もが裸足で歩けるやさしくて安全な場所。

そんな世界の子どもたちは、自由奔放で、泣いても笑っても、いじわるしていても魅力的。いつだって生き生きとしています。彼らを見守る母親たちは、決まって笑顔を絶やさぬやさしい人たちでした。お裁縫もお菓子作りも上手で、なにがあろうとも、子どもを守り抜く本物の強さを持つ女神さま。平和な家庭を脅《おびや》かすような言動・行動とは一切無縁の人々です。

そんな女神たちにぼんやり憧れてはいたものの、出産後、いざ自分があの女神とはかけ離れた母となってしまうと、現金なもので、大好きだった子どもの本の

世界に君臨する完璧な母たちや家族を、遠い存在に思うようになりました。
雑誌『清流』の編集部から、「子どもをテーマに自由な作品を」と、見開きページ連載のお話をいただいたのは、娘がまだ、ヨチヨチ歩きの一歳八ヶ月の頃。大人向けの雑誌という事もあり、この機会を活かして可愛い子どもだけでなく、神格化されていない母親の日常も、絵本テイストで描こうと決めました。「かくあるべき」から離れた親子の物語を欲していた自分自身へ、毎月のプレゼントになるような、あたたかい日向の物語。
子どもと同じように、喜怒哀楽があり、自分の欲求に正直で、時には誰かを傷つけることもある、そんな人間らしい等身大の母親が、この、世界の見守り役でもいいではないかと開き直り、はじまった『ノノちゃんとママのおはなし』。
フィクションも混じっていますが、これは娘と私のささやかな成長記録でもあります。

ノノちゃんとママのおはなし　目次

essay
等身大の母親の日々　～このおはなしができるまで　2

森の仲間たちとの出会い　10
茶色のおうちの訪問客　14
春が運んできてくれたもの　18
森のベビーラッシュ　22
「入園許可」のお知らせ　26
ノノちゃんとママの離れて過ごす時間　30
ノノちゃんとママの散髪　34
川での出会い　38

「センセイ」のお悩み相談　42
ノノちゃんとママとセンセイ　46
立ってするトイレと、座ってするトイレ　50
ノノちゃんの抗議　54
ノノちゃんに、パパができた！　58
ノノちゃん、色を命名する　62
ノノちゃんの真っ赤な傘　66
初めてのコンサート　70
「ママ」でなくなる日、「ノノちゃん」でなくなる時間　74
森の仲間と作ったクリスマスツリー　78

essay
これからも、いっしょに　～あとがきにかえて　82

ブックデザイン　静野あゆみ（ハリロンデザイン）

ノノちゃんとママのおはなし

森の仲間たちとの出会い

冷たい風が吹く季節に、新しい住人がこの森へやってきました。

「あそこの茶色のおうちに……」「とっても小さいかわいい子がいるの」

小鳥たちがうれしそうにさえずります。茶色の家の窓から見える、生まれたばかりの赤ちゃんは、時折目を開いてはすぐに閉じてしまいます。気がつけばたくさんの動物が赤ちゃんを見に集まっていました。

そのときです。窓が開き、パジャマ姿に寝癖頭の人間が姿を現しました。

「ごあいさつが遅れてごめんなさい。私たち、ついこのあいだ引っ越してきたママとノノ

ちゃんよ。見ての通り、ノノちゃんはまだ赤ちゃん、よろしくね。人間てね、生まれてしばらくは哺乳瓶《ほにゅうびん》もおしゃぶりも、ぜんぶ消毒ってお医者様に言われるの。あぁ面倒くさい！あなたたちから見たら、さぞ過保護に映るでしょうね。バカにするときはどうぞお手やわらかに」

と、ママは少しおどけて言いました。

そして大きなあくびを一つすると、「赤ちゃんっておっぱい飲んだり泣いたり大忙し。ノノちゃんが眠ってる間に私も十分眠らないと！　さぁおやすみ、ごめんください」と一礼してパタンと窓を閉めてしまいました。

ずいぶんと勝手なあいさつに、動物たちは顔を見合わせ吹き出しました。

これはドタバタなママと小さなノノちゃんが、この森の仲間たちと出会った日のおはなし。にぎやかな二人の物語のはじまりです。

茶色のおうちの訪問客

森は深い雪景色。トントントン、静かな朝に、ノノちゃんとママが暮らす家の戸をたたくのは、世話好きのハリネズミばあさん。

「おはよう、今日は私が一番乗りかい？」。ママは首を横に振り、小声で答えます。「実は昨晩、ノノちゃんが夜泣きしていたら、戸をたたく音が聞こえたの。うまく冬眠できなかったクマさんがヌッと立っていて、ノノちゃんと一緒ならいい眠りにつけそうだって言うもんだから、入っていただいたのよ。クマさんとノノちゃん、抱き合うとすぐに寝息を立ててぐっすり。そのまま今も夢の中」

ノノちゃんとママがはじめてこの森の動物たちとごあいさつしてから、この茶色のおうちには訪問客がひっきりなしです。お目当ては暖かい薪ストーブ。実のところ、森の動物たちも、厳しい森の冬に、少々まいっているのです。冷え切った体を火にあてて、ノノちゃんとねんねする時間はみんなのお気に入り。たっぷりお昼寝したあとは、この家のことを手伝ってくれるので、ママは大助かりというわけです。

ハリネズミばあさんは、中へ入るとさっそく針仕事をはじめました。ノノちゃんの肌着を縫うそうです。「いつもありがとう」、ママはスプーンにひとすくい、温かいミルクをさし入れました。ハリネズミばあさんは、おいしそうにミルクをすすりながら上目遣いでママに言います。「雪がとけたら、今度はママとノノちゃんがお手伝いをする番だよ。春の森は出産ラッシュで大忙しなんだ！」

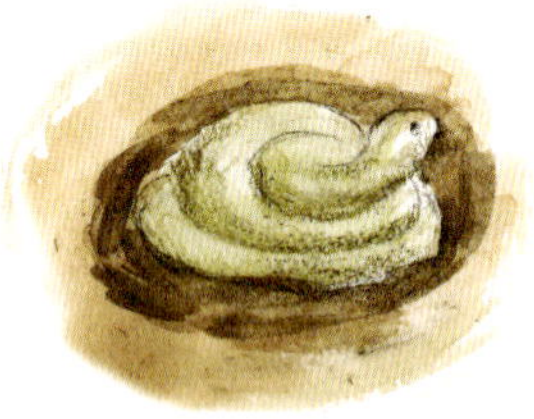

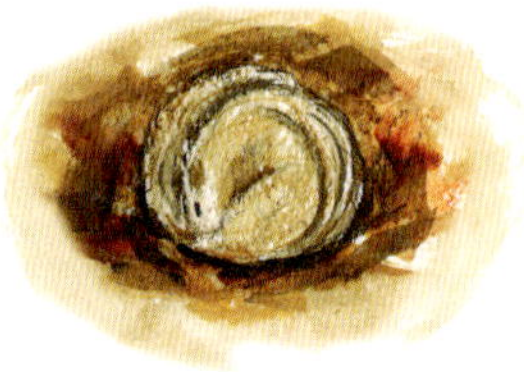

春が運んできてくれたもの

三月、雪をかき分けて黄色い小さな花が顔を出しました。春の到来を告げる福寿草《ふくじゅそう》です。ママはうれしくなって、急いでノノちゃんをコートにくるんで外へ出ました。冷たい空気とやわらかい日差しが木々の合間を通り抜けます。ノノちゃんはうれしそうに、キャッキャと笑い声を立てました。ママも思いっきり伸びをしました。

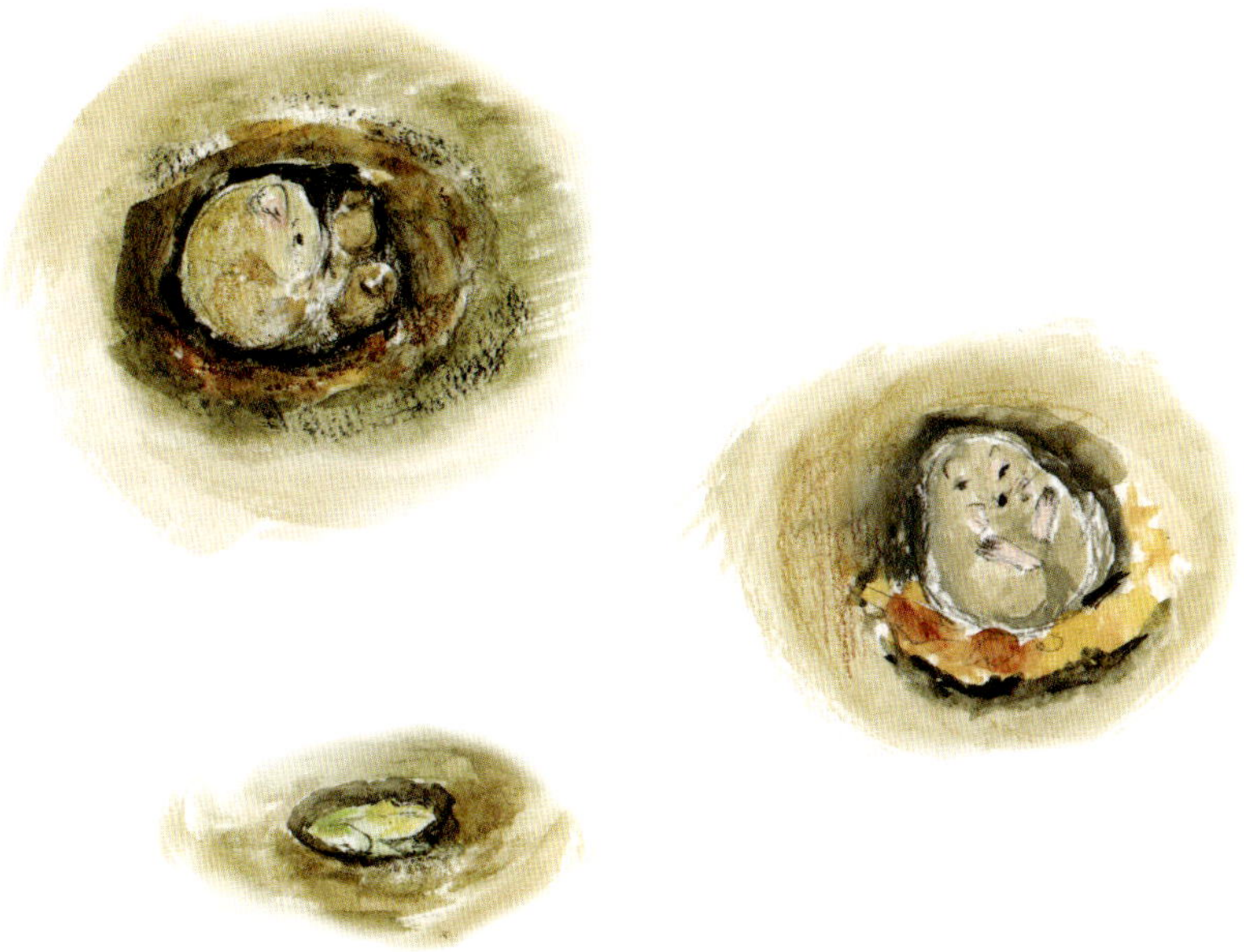

ママは不思議と自由を感じています。ズシンと抱っこひもに入ったノノちゃんのおかげで、腰は痛いし、前もよく見えないので不自由も多いのですが……。

ママはノノちゃんを産んで、街からこの森に引っ越してきてからは、いろんなことが前とは違っていました。たとえば、いつも気にしていた自分のちょっと大きめのお尻や、ドーンと太い足のことをすっかり忘れています。少しでもみんなに〝すてき〟と思われたくて、健気《けなげ》な努力に多くの時間を使ってきたママの娘時代がウソのようです。

お仕事だけでも忙しいとぼやいていた日々に、「ノノちゃんを育てること」という重大任務が入ってきたのだから、気にしている暇がないというのも本当のところでしょう。でも、もう一つ大きな理由があるように思うのです。ママは気づいているのです。この森には、ママやノノちゃんのを含めたたくさんのお尻や足やお顔が溢れていて、そのどれもが、みんなによく似合っていることを。

さあ、春です。キャッキャとはしゃぐノノちゃんの声は、そんな個性豊かな森の住人たちの耳に、うっすら届きはじめていました。

森のベビーラッシュ

世話好きのハリネズミばあさんが言っていたとおり、春は森のベビーラッシュでした。厳しく長い冬を超え、やわらかい光と甘い匂いが満ちる季節、動物たちは多くの命を生み出します。

この森唯一のドクターであるおサル先生は、妊婦さんの往診に大忙し。情報通の鳥たちが、産気づいた動物がいると、すぐに報告してくれます。

ママは、おサル先生の助手としてせっせとかけ回っています。この森では一度に何匹も赤ちゃんが出てくるお産などはザラで、人手が必要なのです。

ノノちゃんは、ママの背中から笑顔を振りまいて、赤ちゃんの愛くるしさを妊婦さんたちにアピールする係だったのですが、ひとたびギャーッと泣きはじめると、子育ての大変さを知らしめる係にすぐに変更となりました。

ママはお産に立ち会う度、ノノちゃんを誰にも言わず、街の病院でひっそりと産んだ日のことを思い出しました。ベッドに横たわりながら、心細さと痛みで、心が折れそうになっていたとき、大きなクマの助産師さんがヌッと現れ、「だいじょうぶ、だいじょうぶ」とうしろで優しくささやきながら、ママの腰に大きな手のひらを押し当て、夜通しさすってくれたのでした。その手の温かかったこと、力強かったこと。今でもママは、あの力強いハンドパワーを思い出す度、涙がじわりとこみ上げてくるのです。

明け方、ノノちゃんはたくましい初声を上げて、無事この世界へやってきました。

「入園許可」のお知らせ

ノノちゃんを産んで二か月経つと、ママは自宅で絵を描く仕事を再開しました。家賃の安い森のおうちといっても、タダで生活できるわけではありません。

ママはいつも幸せに見られたいし、幸せでいたいので、自由を満

喫しながら育児を楽しんでいるフリをするときがあります。でも本当は、心からそう思うときが半分、泣きたいときが半分です。切羽詰まったお仕事をノノちゃんが邪魔するとき、銀行の残高を見た後は、幸せとは程遠いところに心がいきます。もう限界！と泣きべそをかいていた矢先、うれしいお知らせが届きました。

お便りには、森の入口にあるぽかぽか園への「入園許可」とあります。「やったー!」。ママはノノちゃんを抱き上げました。保育園はどこもいっぱいで空きがないと諦めていたから喜びはなおさらです。そのお便りの最後は、「入園時は手作りのシーツ持参のこと」と締めくくられていました。ママは急いでハリネズミばあさんに、シーツを発注しました。

ママとノノちゃんのおうちでシーツをチクリと縫いながら、ハリネズミばあさんはひとりごちています。

「手作りのシーツっていったって、今はミシンがあるおうちだって少ないだろうに。忙しいお母さんを助けるための保育園なのにねぇ」。たしかに、誰もが頼れる人が近くにいるわけではないのです。シーツが出来上がると、ノノちゃんは、名前を縫い付けた四角い布のところにしゃぶりついていました。どうやら気に入ったようです。

ノノちゃんとママの離れて過ごす時間

ノノちゃんが保育所「ぽかぽか園」に通いはじめて二か月。今では先生の腕の中で、安心しきってミルクを飲んでいますが、はじめはママが自分を置いて去っていくことへの怒りが収まらず、力の限り泣いてみたり、ミルクを拒否するハンストもやりました。

けれど、次第にノノちゃんも諦めたのか慣れたのか、気づけばすっ

かり園に馴染み、みんなと笑い合う時間が増えていきました。ママはノノちゃんを園に置いていくときは後ろ髪を引かれますが、門を出ると、気持ちは現金なほどはやばやと切り替わります。身軽になった心と体でかけていく姿は、娘時代そのもの。ママはノノちゃんと一緒の時間も離れている時間も、どちらも大好きでした。

同じクラスには、ノノちゃんの他に人間の赤ちゃんがあと二人、そしてウサギ、ヤギ、クマの赤ちゃんが一匹ずついます。人間の赤ちゃん以外は、同じゼロ歳児でも、すでに走り回れるほど自立しています。

成長が早いので、卒園も早く、二歳児クラスになると、就職活動をはじめる園児もいるそうです。都会で人間ばかりの環境で育ったママには信じられないことでした。

夕暮れどき、ママは、絵の具だらけの手を軽く洗うと、描きかけの絵を机に残し、お迎えに走ります。そしてクラスの戸を勢い良く開け、ノノちゃんを見つけると、高く抱き上げキスをします。二人ともその日一番の笑顔。ノノちゃんとママが、互いに離れた時間を幸せに過ごしたことを、確認し合う大切な瞬間です。

ノノちゃんとママの散髪

猛暑日の数日を除いては、とても過ごしやすいのが森の夏。しかし今日は暑い！　ママは、長い髪がうっとうしくてたまりません。ノノちゃんの額《ひたい》にも、伸びた前髪が汗でべっとり。

ママは心を決めて、ノノちゃんを抱え、ハサミと着古しのスカートを持って表に出ました。今から散髪をするのです。スカートをケープにして、まずはノノちゃんから。

これが思いのほか難しく、チョキチョキとやったら、ノノちゃんはイヤイヤと首を振り、またチョキとやると、エーンと泣くのです。

見かねた森の小鳥たちがノノちゃんをあやし、なんとかママは切り終えたのですが……。

ハサミを下ろし、ノノちゃんを見るとびっくり！　切ってはガタガタになる髪を整えるうちに、生え際にほぼ近いところまでノノちゃんの前髪を切ってしまったのです。

小鳥たちからは次々にヤジが飛びました。ママは反省しつつも、内心、ノノちゃんが赤ちゃんでよかったと胸をなで下ろしました。だって、ノノちゃんは鏡を見たって何もわかっていないのですから！

大きく姿を現した額には、ノノちゃんの薄い眉毛が存在感を増しています。かつて共に暮らしたノノちゃんの父親のものによく似ていました。彼と永遠を誓ったにもかかわらず、心変わりしてしまった自分勝手な過去が、思いもよらぬ形で目の前に現れ、ママは苦笑いしました。

今度はママの散髪の番。髪を丁寧に束ね、大きく深呼吸をしました。ハサミを握る手に力が入りました。

川での出会い

ある日曜日、ママとノノちゃんは川へ出かけました。木漏れ日が水面を照らし、宝石のように輝く川です。うきうきしながら、到着すると、そこには先客が一人。メガネをかけ、ヒゲを蓄《たくわ》えた大男が釣りをしていました。ときおり脇においた本を眺め、「なるほど、なるほど」と独りごちては、器用に竿《さお》を操っていました。

「こんにちは、よく釣れますか?」、ママは大男に愛想よく話しかけました。大男はちらりとママに目を向け、ボソッと返事をしたようですが、何を言っているのかわかりませんでした。

「風変わりな人……」、ママは肩をすくめ、流れる水に足を浸しました。「気持ちいい！」、強い日差しと冷たい水の相性は最高です。ノノちゃんにも水を触らせると、キャッキャと声を出して喜びました。ママはあまりにもかわいいノノちゃんを見ていると、すぐそばで釣りをしている大男が不気味でしょうがなくなりました。「釣り人のふりをした人さらいだったら……」、一度不気味だと思いはじめると、恐ろしいことばかりが頭に浮かびます。メガネの奥の目は細く鋭く、焦点が合っていないような気がしました。とにかく今日は退散しようと、川辺に上がったとたん、突然大男が立ちはだかりました。

「ひぃっ！」、ママはノノちゃんをギュッと抱きしめ、身を固くしました。大男は、勢い良く跳ねる魚を鷲掴《わしづか》みにし、二人の前に差し出しました。そして、絞り出すような声で言いました。「お魚、一緒に食べましょうよ」

「センセイ」のお悩み相談

大男は学者でした。森に生きる動物の暮らしを調べにきたそうです。
大男は、川で釣った魚を、みごとな串焼きにしてママとノノちゃんに振る舞ってくれました。三人でおいしそうに食べていると、いい匂いと笑い声にいざなわれ、動物たちが次々にやってきました。そうなると、あっという間にパーティーのはじまりです。
食べて、踊って、歌う動物たちの横では、大男への「お悩み相談」が大盛況。動物たちは自分たちの困っ

ていることを聞いてくれる大男を、親しみを込めて「センセイ」と呼びました。センセイはとても無口でしたが、よくうなずくのが「ちゃんと聞いている」感じがしていいようです。この相談会は日が暮れるまで続きました。一〇匹の子どもがいるネズミの子育て苦労にはじまり、ヤギの郵便屋さんの職場の悩み、長老亀の介護問題、ママのシングルマザー生活の不安など、みんなの悩みは尽きません。

センセイはこの相談会を終えたあと、しばらく考えて言いました。「生き抜くためには知識と知恵が必要です。これからたまに、この森で読書会を開きましょう」

聞いていた動物たちは顔を見合わせました。そして誰かが小声で言いました。「難しすぎる本でなければ……」「読書会のあとに、おいしいおやつがあるなら参加します！」

一息おくと、ワッと笑い声が湧き上がりました。そして、大きな拍手で、読書会の開催が承認されました。

ノノちゃんとママとセンセイ

ノノちゃんとママは、この森に来て三度目の秋を迎えています。ぽかぽか園からの帰路、ノノちゃんは、キャッキャと笑いながら、興味の先へと走ります。かつてこの道を、抱っこして大事に運んだあの赤ちゃんは、今ではママの手を振りほどき、どこまでもかけていく三つの女の子になりました。

ノノちゃんがうんと小さかった頃にはじまった森の読書会は、ここで生きるものたちにとって、かけがえのない学び場になりました。その講師をつとめるセンセイとママが〝良き関係〟へと発展したのは最近のこと。もちろん、ノノちゃんとセンセイも比べられないほどに良き関係です。

ノノちゃんとママの家はもうすぐです。虫の音が鳴り響く中、センセイの待つ家が見えました。「あかりがついてるねぇ」、ノノちゃんは声をはずませました。ママもうれしさでいっぱいです。

今日まで二人は、そろって家を出て、そろって帰ってくる暮らしをしていました。灯りは自分たちが灯し、消すものでした。そんな二人きりの生活なので、ノノちゃんがまだ、「いってきます」と「いってらっしゃい」、「ただいま」と「おかえり」が、あべこべなのはしょうがありません。

今日はこれから、玄関を開けると、初めてのセンセイの「おかえり」が待っています。ノノちゃんは上手に「ただいま」と言えるのでしょうか。

ママはそんなことを思うと、なんだか涙がこみ上げるのでした。

立ってするトイレと、座ってするトイレ

この夏にオムツが取れたノノちゃんとゲンくんは、すっかり大人のような顔をしています。

ぽかぽか園には、子ども用のトイレが二つ。一つは座ってオシッコやウンチをするもの、もう一つは男の子がオシッコのときに立ってするものです。

ノノちゃんは、ほんとうはゲンくんと同じように立ってオシッコをしてみたいのに、先生は必ずノノちゃんをもう一つのトイレに座らせます。

今日、お散歩前のトイレの時間、ノノちゃんは走ってゲンくんよりも早く、立ってするトイレの前に行きました。

ノノちゃんは手際よくパンツを脱ぎ捨て、用意万端です。

すると、後ろから先生の声が聞こえました。「ノノちゃんは男の子じゃないからダメよ」。ノノちゃんは、自分の格好を上から下までじっくり眺めました。今日はお気に入りの、踊ると裾がお花のように開くワンピースを着ています。ノノちゃんは、心を決めてこの大好きなワンピースを脱ぎ捨て、裸ん坊になりました。

「ノノちゃん、もうアンピース着てないよ！　おんなのこじゃないのよ！」。頬を風船のように膨らませたノノちゃんは、男の子トイレにしがみつきました。先生やお友達が止めるのをよそに、ノノちゃんはついに決行してしまったのです……。

無残な結果はご想像の通り。あんよも床も、びちゃびちゃです。ノノちゃんはびっくりして泣き出してしまいました。

先生は、いつもよりもやさしくノノちゃんを抱きしめました。

ノノちゃんの抗議

ノノちゃんは今、息をひそめてベッドにもぐっています。となりの部屋からは怒ったママが掃除機をかける音が聞こえてきます。

お昼ごはんのとき、ノノちゃんはママに向かって力まかせの抗議をしました。ふだんから大きらいと言っているキャベツが、三日連続食卓に登場したからです。「わたし、すっごくおこってるんだから！」。勢いよくお皿をひっくり返し、部屋を飛び出したノノちゃん。うしろで叫んでいるおそろしいママの顔はとてもじゃないけれど見られませんでした。

おなかはペコペコなので、台所の戸棚から、板チョコを一枚つかみ取り、ベッドの部屋へと一目散。

毛布をかぶって、どのくらい経ったでしょう。ノノちゃんはすでに心細くなっています。息苦しく、じっとり汗もかいています。おなかがグゥと音を立てたとき、一粒涙がこぼれました。

今こそ、あのポケットに入れた、非常食を食べるときです。

グニャッ……、ノノちゃんはベッドから飛び出しました。もう一度ポケットのものを確認すると、手には溶けたチョコレートが、べっとり付いていました。

「ママ！」、ノノちゃんは思わず叫んでいました。

かけつけたママは、あらあらと口に手を当てています。

ノノちゃんの手の中のものをいぶかしそうに見つめたあとに、ママはひらめきました。

「それ、ホットチョコレートにするってのはどう？　私たちの反省会のお供にするの。たいていのことは甘いもので解決できるんだから」

ノノちゃんに、パパができた！

森に春の光がうっすらと差し込んでくる三月は、ママの誕生月です。この日を、ノノちゃんとママとパパは、ロウソクの揺れるケーキを囲んで、楽しくお祝いしました。

なんとこの日、ママの恋人だったセンセイは、ノノちゃんのパパになってくれると宣言したのです！

ママ以上に喜んだのはノノちゃんでした。だって、ママには恋人もパパ（ノノちゃんのじいじ）もいるのに、ノノちゃんにはその両方がいなかったのですから。ずっとママをうらやましく思っていたのです。ノノちゃんは、大きくバンザイをして、〝パパ〟の膝に飛び乗りました。

ママ誕
おめで

次の日、ぽかぽか園に通うゲンちゃんにこの出来事を教えると、ゲンちゃんは首をかしげて聞きました。

「コイビトってなあに？　ぼくにもコイビトっているの？」

ノノちゃんは少し考えてから、ママとパパを思い浮かべ、コイビトについて話しました。

「あのね、コイビトはね、おしゃべりしながらたくさんわらうのよ。ときどきケンカもするけどね。それでね、おやすみのひに、あーそぼうってやくそくするの。おさんぽにいくときは、てもつなぐのよ」

ノノちゃんが言い終えると、二人は顔を見合わせました。

「なーんだ、それってノノちゃんとゲンちゃんじゃない！」

そして大笑いしながら、しっかりと手をつなぎ、園庭へとかけ出しました。

ノノちゃん、色を命名する

カラッと晴れた五月の午後です。

「みどり、きみどり、あお、みどり……」、ノノちゃんは飛び跳ねながら、目に入るものを指差し、大きな声で色当てゲームをしていました。

けれども、しだいにその声は小さくなり、気がつけばやんでしまいました。ママが顔を覗《のぞ》き込むと、ノノちゃんは眉間にしわを寄せていました。「あのね、なんだかね、はっぱばっかりでね、みどりってノノちゃんはいってたんだけどね、みどりのなかにもたくさん〝いろ〟があってね、〝いろ〟のことばがたりなくなっちゃった……」。

ノノちゃんの顔があまりにも深刻なので、ママは吹き出してしまいました。そして、そんな豊かな感性が育っていること、それを言葉にできるノノちゃんを、とても誇らしく思いました。

「ノノちゃん、イヌイットみたいに、葉っぱの色に名前をつけてみたら？」と言ったのはパパです。「とっても寒いところに住んでいるイヌイットという人々が使う言葉にはね、雪を表す白だけでも、たくさんの言い方があると聞いたことがあるよ」

ノノちゃんの顔は、パッと明るくなりました。

そして早速、目の前の葉っぱを指差しながら、「あなたはとってもかわいいから、あかちゃんみどりね、このこはね、さきっちょがあかいから、ちがでてるみどり、あとね、これは、たんぽぽみどりでしょ……」と、次々に色を命名しはじめました。気がつけば、ノノちゃんの名付けたみどり色は、イヌイットも腰を抜かすほどの数になっていたとさ。

ノノちゃんの真っ赤な傘

ノノちゃんは、雨の日は嫌いです。ぽかぽか園ではお散歩ができないし、ママのお迎えも、少し遅れるからです。

ぽかぽか園に、ママがお迎えに来るのは、いつも長い針がてっぺんにいて、短い針が一番下を向いている「ろくじ」。けれども、今日は少し遅い。一人、また一人とお友達は帰って行きました。暗い空と、雨の音は、ノノちゃんの心をキュッとさせます。ノノちゃんが涙をぐっとこらえたとき、レインコートを着たママが、勢いよく入ってきました。

「ごめん！」。ママはノノちゃんをぎゅーっと抱きしめました。「いたいよ、なんかあたるよ」。

そう言ってママを見ると、ぬれたレインコートの腕には新品の小さな赤い傘がぶら下がっていました。ノノちゃんは目をパチクリさせました。

「最近、しっかり歩けるようになってきたから。そろそろ上手にさせるかなと思って」、そう言ってママはノノちゃんに真っ赤なかわいい傘をさし出しました。

園からの帰り道、雨がざあざあ降っています。ノノちゃんは、はじめて自分の傘をさして帰りました。

傘に大粒の雨が当たる音や傘から流れ落ちるしずく、こんなに楽しい帰り道はありません。何よりも、いつもの雨の日のように、ママの傘のそばにくっついていなくていいのです。

自由を手にいれたノノちゃんは、大声で叫びました。

「ノノちゃんやっぱり、あめのひ、だーいすき！」

初めてのコンサート

おめかしをしたノノちゃんは、ママと電車を乗り継ぎ、街のコンサートホールへと向かっています。

ママは、ノノちゃんの四歳の誕生日に、音楽会へ行くことに決めていたのです。

大きなホールに着くと、そこには大勢の人。決められた席にお行儀よく腰を下ろすと、ノノちゃんはなんだかソワソワしてきました。ノノちゃんの気も知らず、ママは隣で、のんきにプログラムを眺めています。

開演ブザーが鳴った瞬間、ノノちゃんはもうがまんできなくなりました。

「かえりたい！」

ママは顔をしかめ、たしなめました。

「これからすてきな音楽がはじまるのに、何を言うの」

そして次の瞬間、会場の灯りが消えると、ノノちゃんは大パニックになりました。周りが耳をふさぐほど、大きな声で泣きはじめたのです。

ママはノノちゃんとバッグを小脇に抱え、コンサート会場を飛び出ました。ノノちゃんは大粒の涙をポロポロ流しながら、わめき続けます。

ママは何度も音楽会へ戻ろうと言いましたが、ノノちゃんは「くらいのはこわいの」と首を振るばかり。ついにママは根負けして、森へ帰ることにしました。

ママは分かっていました。ノノちゃんはちっとも悪くないことを。

音楽会がどんなにすばらしくても、今日はママの独りよがりだったのです。

いつもの森の帰り道、涼しい夜風が虫の音を運んできました。ノノちゃんは心地好さそうに、体を揺らしました。

気がつけば、二人は夢中で、このささやかな音楽会に聴き入っていました。

「ママ」でなくなる日、「ノノちゃん」でなくなる時間

底冷えする日曜日、ママは、コーヒーを持ってソファーで読みかけの小説を読んでいました。

ママは本や映画や音楽が大好き。どんなに日々の生活に追い立てられていても、大好きなものたちは、ここではないどこかへと、簡単にママを連れて行ってくれるのです。

ノノちゃんが大きな声で「ママー！　ママー！」と、呼んでも絶対にムダです。何かに夢中になっているときのママはいつだって空返事。ママはすっかり「ママ」であることを忘れているのです。

こうなったらノノちゃんは、足をどんどん踏み鳴らしながら、お人形の

トトちゃんを抱えて、違う部屋へと行くことにしています。

「ママがママじゃなくなるなら、ノノちゃんだって、ノノちゃんじゃなくなるもん！」

ノノちゃんは、ハロウィンのときに着た、お気に入りの虹色のワンピースを頭から被り、台所からくすねてきたおはしをステッキに見立てました。

「いまからノノちゃんは魔法使いよ！」、おはしを一振りすると、まあ不思議、ノノちゃんの表情はすっかりと魔法の国の住人のよう。

今度はお人形たちや窓辺に集まった森の動物たちにも、魔法のステッキを一振り。するとみんなはすてきな衣装に早変わりしました。

歌って踊ってのパーティーのはじまり。その大騒ぎは、ノノちゃんがお昼寝前のあくびをするまで続くのでした。

こうやって二人は、ママであることも、ノノちゃんであることもやめて、楽しい国へと行ってしまうことがよくあるんです。

森の仲間と作ったクリスマスツリー

ノノちゃんのおうちの前には、大きなモミの木があります。今年こそは、この木をクリスマスツリーにしてみよう！　そう思ったノノちゃんは、自分で描いた絵や、絵の具を塗った松ぼっくりを、一番下の枝葉に飾ってみました。思った通り、とってもすてきです。

けれど、もう少し上にある枝葉には手が届きません。「ひとりでできるもん、おねえちゃんだもん」が口癖のノノちゃんは、早々に音をあげました。

ノノちゃんは、ママを呼んできました。ママは家にあったクリスマスの飾りをありったけ持ってきて、楽しそうに飾ってくれました。けれども、ママより背の高いところにある枝にはやっぱり手が届きません。

ママは、パパを呼んできました。しかし、パパでもすぐに手が届かなくなるくらいこのモミの木は大きいのです。パパはとっても背が高いから、どこまでも手が届くと思っていたノノちゃんは、がっかりしてしまいました。

木のふもとでノノちゃん一家が騒がしくしていると、モミの木で羽を休めていた鳥たちや、タヌキやキツネ、ウサギやリス、みんなが出てきました。

ノノちゃんたちが困っている姿を見ると、動物たちは上手に木登りをして、飾り付けを手伝いました。そしてどこからともなく、次々とみんなが飾りを持ち寄り、気がつけば盛大なクリスマスツリーが出来上がりました。

一番上の星を、鳥がふわりと乗せたそのとき、空からは真っ白な雪がチラチラと降ってきました。

essay

これからも、いっしょに
～あとがきにかえて

ピンポーン、とインターフォンがなると、娘は「いらっしゃーい」と叫びながら、小さな歩幅でパタパタとかけていきます。家が片付いていようが、散らかっていようが、とにかく客人が多い我が家。

娘の保育園のお迎えで、顔見知りの親子と遭遇すると、「晩ご飯、用意してる？」と、アイコンタクトをかわすことも多く、「一人で子どもに食べさせる気力がない！」と誰かが口火を切れば、わたしも、うちも！の大合唱がはじまります。

そうなれば、行き先は我が家と決まっています。娘と私の暮らしには、いつだって、他人が入り込める隙があるからです。

私たちは家にある残り物や、スーパーで買った惣菜などを持ち寄って、即興の

あり合わせディナーを賑やかに楽しみます。台所はフリースペース。みなさん勝手に立ち回り、片付けだって、あっという間。

私と娘を取り巻く、このゆるやかで気軽な人間関係は、保育園のみならず、マンション内から、お気に入りのケーキ屋さん、近所のクリーニング店まで、地域のいたるところまで広がっています。まるで、『ノノちゃんとママのおはなし』の森の仲間とのつながりのように。

根っからの料理不精の私は、日々の食事を楽にするネットワーク作りには長《た》けていたようです。料理だけではなく、家事や育児にまつわるあらゆることも、できないことは、人の手を借りながら、なんとか娘を育ててきました。

娘はよく、「ママはわるくないよ、こんどがあるよ、しょうがないよ」と、びっくりするくらいやさしい言葉をかけてくれます。

たとえママが悪かったとしても……。

自転車で道に迷った時、仕事がなくて自信をなくしている時、水筒の麦茶をカバンの中でぶちまけてしまった時。私の顔がどんよりしているありとあらゆる時に、彼女は、まるで私のお母さんのように、なぐさめてくれます。

四歳目前のある日、この言葉の最後に「こんどは、わたしもてつだうから、ね、もうだいじょうぶ！」と、さらに出来過ぎた一文までもが加わりました。ここまで来ると、なんだか娘が不憫《ふびん》です…。そして優しい言葉の後には、「ママはほんとに、しっぱいやさん！」と、心底楽しそうにからかいます。

私が未熟で不完全な人間であることを、早くから受け入れ、共存してきた彼女ならではのコミュニケーション。小さな体で私を力一杯抱きしめてくれる時、不足していたエネルギーはみるみるチャージされます。そして娘を同じくらい力いっぱい抱きしめ返して、お礼をします。もちろん、娘は、実年齢通り、わがままを言ったり、泣き叫んだり、まだまだ手がかかる四歳児。

四歳の誕生日を迎えた朝、壁にかかっている身長計にパジャマ姿で出で立ち、小さな手をうんと伸ばして、「おおきくなってる？」と尋ねる姿は子どもらしさ満点でした。そのあとも手際よく洗面所から体重計をよっちらよっちら運んできて、「ねえ、わたし、おおきくなってる？」と満面の笑み。お次は、下駄箱まで

直行し、まえに知り合いから頂いた、かなり大きめのエナメルシューズを並べて、「きっとピッタリになってるわ！」と、自信たっぷりに足を入れていました。しかし、これはさすがにブカブカ。「もう、わたし、四歳なのよ！」と、靴に本気で怒っている姿には、思わず笑ってしまいました。

好きなものはチョコレートとワンピース。なりたいものは、ちょうちょとプリンセス。怖いものはオオカミ。夜の散歩は大好きなのに、暗いコンサートホールは苦手です。くもり空で星が見えない時は、「キラキラぼしがはずかしがってる」と肩をすくめ、台風の日は、困ったように「かぜさんとあめさんがケンカちゅう」と、耳打ちしてくれます。空想好きの娘の、果てることのないおしゃべりに、私は時に前のめりになって付き合い、時には空返事。娘も私の気まぐれなおしゃべりに、同じようにマイペースで寄り添います。

私が娘の伴走者になると覚悟を決め、走り始めて丸四年。早々にどちらが伴走者かわからないようなレースとなってしまいました。転んだり、寄り道なんてしょっちゅうですが、リタイアだけは避けながら、これからも進んで行きます。

◎本書は、月刊『清流』の連載
「ノノちゃんとママ」（二〇一八年一月号～二〇一九年十二月号）に
加筆・修正をしたものです。

松本春野（まつもと・はるの）

一九八四年、東京都出身。絵本作家、イラストレーター。二〇〇六年、多摩美術大学油画科卒業。主な絵本作品に『Ｌｉｆｅ（ライフ）』（瑞雲舎、くすのきしげのり著）、父・松本猛との共作『ふくしまからきた子』『ふくしまからきた子　そつぎょう』（共に岩崎書店）、『あたたかい木』（星の環会、くすのきしげのり著）などがある。二〇一七年、ＮＨＫのドキュメンタリー番組「明日へ　つなげよう『いのちの絵本』」に出演。また、映画「おとうと」のポスターイラスト・題字や、ＮＨＫ・Ｅテレ「モタさんの〝言葉〟」作画、ＮＨＫ「みんなのうた」では「私はブランコ」原画も手がける。祖母は絵本作家のいわさきちひろ。

ノノちゃんとママのおはなし
ふたりの成長ものがたり

二〇一九年十一月二十七日　初版第一刷発行

著者　松本春野

発行者　松原淑子
発行所　清流出版株式会社
一〇一―〇〇五一
東京都千代田区神田神保町三―七―一
電話　〇三―三二八八―五四〇五
ホームページ　http://www.seiryupub.co.jp/

編集担当　秋篠貴子

印刷・製本　シナノパブリッシングプレス

ISBN978-4-86029-490-8